あなたをずっとずっとあいしてる

むかし　むかし　おおむかし。
あらしの　すぎた　あさ、
はやしの　なかで、
マイアサウラの　おかあさんが、
ちいさな　たまごを　みつけました。
「かわいそうに。もし　あの
おそろしい
ティラノサウルスにでも
みつかったら、たべられてしまう」
やさしい　マイアサウラの
おかあさんは、たまごを　もって
じぶんの　いえに　かえりました。

作絵 宮西達也

そして、
じぶんの　うんだ　たまごと
ひろってきた　たまごを、おなじように
やさしく　なでて　いいました。
「はやく　げんきに　うまれてきてね」

おかあさんは　まいにち　まいにち
そう　いって、ふたつの　たまごを
だきしめました。
それから　なんにちか　すぎて……。

おかあさんが、
あかい　みを　とって
いえに　かえると、
バキッ
パカッ
あかちゃんが
うまれました。
おかあさんは　おおよろこび。
でも、はやしの　なかで
ひろった　たまごから　うまれたのは、
あの　らんぼうものの　ティラノサウルスの
あかちゃんだったのです。

おかあさんは、 なやみました。
いまに じぶんが ティラノサウルスだって
わかったら…… たいへんな ことに なる。
そのよる、 おかあさんは
ねている ティラノサウルスの
あかちゃんを、 そっと だいて
でかけました。

そして、
たまごを　ひろった　はやしまで　くると、
スヤスヤと　ねむっている
あかちゃんを　そこに　おきました。
「ご、ごめんね……」
そう　いって　おかあさんは
あるきだしました。
むねが　ズキン　ズキンと
いたみました。
そのときです。
「クー……」

あかちゃんの
ちいさな　こえを　きくと
おかあさんは、
「ごめんなさい、ごめんなさい」
なきながら、あかちゃんを
だきしめました。

「たいせつな　わたしの
あかちゃん。
にどと　はなしたり
しないわ」

おかあさんは　あかちゃんを　しっかり
だきしめて　いえに　もどりました。
しずかな　しずかな　よるでした。

おかあさんは　ふたりを
おなじように　かわいがり、
ねがいを　こめて、なまえを
つけました。
マイアサウラの　こには、
「いつも　ニコニコ　あかるい
あなたは、ライトね」
そして
ティラノサウルスの　こには、
「つよくて　ちからもち。
でも、やさしい　こに
なってほしい。
あなたは、ハートよ」

ライトと　ハートは
あかい　みを　たべて、
どんどん
おおきくなりました。
ふたりは　なかよしで、
まるで　ほんとうの
きょうだいのようでした。

そんな　あるひ、ライトが　アンキロサウルスの
おじさんに　であったときの　ことです。
「ぼうや、こんな　ところに　ひとりで
いたら　あぶないぞ。ティラノサウルスにでも
みつかったら　たいへんだ」

「ティラノサウルスって　だあれ？」
ライトが　きくと、おじさんは
いいました。
「ティラノサウルスは、ずるくて
よわいものいじめばかり　する
きらわれものさ。
つめが　するどくて、
きばは　ギザギザ。からだは
ゴツゴツした　おそろしい
きょうりゅうなんだよ」

ライトが　いえに　かえって、
「おかあさん、アンキロサウルスの
おじさんが　こわい　ティラノサウルスの
ことを　おしえてくれたよ。
つめが　するどくて、きばが
ギザギザしていて、
からだが　ゴツゴツ……。
なんだか　ハートみたいだね」
わらって　いうと、おかあさんは
こわい　かおで　おこりました。
「ちがう！　なにを　いうの、ライト。
ハートは　あなたの　おにいちゃんよ。
そんな　こと　いったら、ゆるしませんよ！」
そう　いって、おかあさんは　ふたりを　つよく
だきしめました
「ご、ごめんね。ハート」
ライトが、ぽつりと　いいました。

そして、
つきひは　ながれて、
ライトと　ハートは、
おかあさんと　おなじくらい
おおきくなりました。

「きょうも　あかい　みを
いっぱい　とってかえって、かあさんや
ライトを　よろこばせてあげよう」
いまでは　あかい　みを
とりにいくのは、ハートの
やくめでした。
ハートが、うれしそうに　はやしに
むかって　あるいていたときです。
とつぜん、いわやまの
かげから……。

ガー！

めを　ギラギラさせた
ティラノサウルスが、
ハートに
とびかかってきました。

でも、ハートを
みると……、

（おれと　おなじ
ティラノサウルスか……、
うまそうな　マイアサウラの
においが　したのにな）
ティラノサウルスは
がっかりしました。

そんな　ティラノサウルスを　みて、
ハートは　おもいました。
（つめが　するどくて、
きばが　ギザギザ、
からだが　ゴツゴツ。
この　おじさん……
ティラノサウルスかもしれない……）
ハートは、ドキドキしながら
きいてみました。
「お、おじさん　だあれ？」
「お、おれの　ことか？
だ、だれって……なに　いってるんだ。
みれば　わかるだろう。
おれさまは、おまえと
おなじじゃ　ないか」

それを　きいて、ハートは
ほっとしました。
（なんだ。よかった。
この　おじさんは、
ティラノサウルスじゃ
なくて、ぼくと　おなじ
マイアサウラなんだ）

「ところで、おまえ　こんな　ところで
なにを　しているんだ？」
ティラノサウルスが
そう　きくと、
ハートは　ニコニコしながら
いいました。
「ぼくね、これから　おいしい
ものを　とりにいくんだよ」
ハートは、あかい　みを
いっぱい　いっぱい　おもいうかべて
いいました。

「そうか、ヒヒヒ……。
おれさまも、これから　おいしい　ものを
とりにいく　ところさ」
ティラノサウルスは　マイアサウラを
おもいうかべて、のどを　ゴクリと
させました。
それを　きいて、ハートは
おもいました。
（へへへ……。なんだ。この　おじさんも、
あかい　みを　とりにいくんだな）

「よーし、きょうは　はらいっぱい、
おいしい　ものを　くわせてやる。
おれに　ついてこい。ヒヒヒ……」
ハートは、ティラノサウルスの
あとに　ついていくことに　しました。

ふたりは　おかを　こえ、
たにを　こえ、あるきました。
そして、はやしの　よこを
とおりすぎようとしたとき、
ティラノサウルスが　たちどまり、
さみしそうに　いいました。

「むかし、あらしの　あと、
たいせつな　おれの　たまごを、
なくしたことが　ある」
けれども、ハートは
それに　きづきません。
「ねえ、おじさん　みて。
あかい　みが　いっぱいだよ。
きょうは　ここで　とっていこうよ」
すると、

「こんな　もの　くわなくたって、
あの　もりを　ぬけた
さきには、おいしい
マイアサウラの　ごちそうが
まってるんだぜ。ヒヒヒ……」
「お、お、おじさん……おじさんの
おいしい　ものって　あかい　みじゃ　ないの？
お、おじさん……まさか……
ティラノサウルス？」

「ヒヒヒ……。なに　いってるんだ。
おまえと　おなじだと　いったろ。
おなじなんだから、
ティラノサウルスに　きまってるだろ」

「ぼ、ぼ、ぼくは……
マイアサウラだよね……？」

「なに　ばかな　ことを、
いってるんだ。
その　するどい　つめ。
ギザギザの　きば。
ゴツゴツと　した　からだ。
おまえは、りっぱな　ティラノサウルスだぜ」

「うそだ。うそだ。うそだ！
ぼくが
ティラノサウルスだなんて、
ぜったい　うそだ！」
「うそだって？　じぶんの
すがたを　みてみろ。
おれさまと　そっくりだぜ。
まるで……おやこのようにな」

「ちがう！　ちがう！　ぼくは
マイアサウラの　こだ。
ティラノサウルス
なんかじゃ　ない！」
ハートは　はげしく　おこり、
みるみる　めが　つりあがって
いきました。

ガオー！
ティラノサウルスが
ハートを　おさえこんで、いいました。
「しっかり　みろ！
おまえの　その　するどい　つめ、
ゴツゴツした　からだ。
おれと　そっくりじゃ　ないか。
どうだ、
おまえは、だれが　みても、
どこから　みても
おれさまと　おなじ
ティラノサウルスだぜ！」

ふたりの　かさなった　うでと　つめは、
ゴツゴツで、そして　するどくて、
そっくりでした。
ハートは、めを
とじました。
「ち、ちがう……。
ぼくは　ちがう……」

グオーーン！

ハートは　ティラノサウルスを
はねのけると、おおきな　こえを
あげて　はしりだしました。
なみだを　ぽろぽろ
こぼしながら、はしりました。
おかあさんの　ところへ
むかって、ぜんそくりょくで
はしりました。

グオーーン！
ハートの　さけびごえに、おかあさんが
きがつきました。
「ハートが　かえってきたわ。でも、
あんなに　こわい　かおを　して……
どうしたのかしら」

おかあさんは、ようすの　おかしい
ハートを、ぎゅーっと
だきよせました。
すると　ハートは、ぽろぽろ　なきながら
いいました。
「かあさん、ぼ、ぼく……ぼくは
ティラノサウルスなの？　ぼくは
かあさんの　こじゃ　ないの？」

おかあさんは、ハートを
ちからいっぱい　だきしめて、
いいました。
「あなたは　わたしの
たいせつな　こ、わたしの
たからものの　ハートよ」

ハートは、
まっかな　めで
いいました。
「ありがとう、かあさん。
ぼくは　ハートだよね」
そして、ふりかえると、
ティラノサウルスが　めを
ギラギラさせて、ちかづいて
きていました。

ハートは、ティラノサウルスに
むかって　はしりだしました。
「ハート、どこへ　いくの」
おかあさんが　さけぶと、
ハートは　ふりむいて、
　えがおで　いいました。
「あかい　みを　とりにいくのさ。
いっぱい　とってくるからね」
　そのあと、ハートは
グオーンと　ほえると、
ティラノサウルスのほうへ
はしっていきました。
　そして──、

ガブリ！

「な、なぜだ……どうしたんだ……
おれは　おまえと　おなじ
ティラノサウルスなのに……」
ティラノサウルスは、
くるしそうに　いいました。

「ちがう！　ぼくは、
ぼくは　ハート。
ぼくは　ハートなんだよ」
ハートの　めから、ぼろぼろと
なみだが　こぼれました。

ティラノサウルスは、
ハートに　かまれたまま　ただただ
じっとしていました。
ハートが、ティラノサウルスの
かおを　みると、
ティラノサウルスの　めからも、
なみだが　こぼれていました。
ハートは　かむのを
やめました。
（この　おじさん、
もしかしたら
ぼくの……）

そのひから、ハートが
おかあさんと　ライトの
ところに　もどることは
ありませんでした。

おかあさんと　ライトは、
まいにち　まいにち
ハートを
さがしました。

あるひ、おかあさんが
ハートと　であった
はやしに　いくと、
あかい　みが
やまのように
つんでありました。
「ああ、ハート……
あなたには　もう
あえないのね。
あなたが　どこに
いても　いつまでも
あなたを　あいしてる。
ずっと　ずっと　あいしてる」
そう　いって　おかあさんは、
あかい　みを　ひとつ
くちの　なかに　いれました。

宮西達也（みやにし たつや）

1956年、静岡県生まれ。日本大学芸術学部美術学科卒業。作品に、『おまえうまそうだな』（けんぶち絵本の里大賞）『おれはティラノサウルスだ』『きみはほんとうにステキだね』『ペンちゃんギンちゃん おおきいのをつりたいね！』（以上ポプラ社）『おとうさんはウルトラマン』（けんぶち絵本の里大賞・びばからす賞）『帰ってきたおとうさんはウルトラマン』『パパはウルトラセブン』（ともにけんぶち絵本の里大賞）「パパはウルトラセブン みんなのおうち」（以上学習研究社）『うんこ』（けんぶち絵本の里大賞・びばからす賞）『大きな絵本 にゃーご』（第38回造本装幀コンクール展 読書推進運動協議会賞）『おとうさん・パパ・おとうちゃん』『おっぱい』『きょうはなんてうんがいいんだろう』（講談社出版文化賞・絵本賞）『はらぺこおおかみとぶたのまち』（以上鈴木出版）『まねしんぼう』（岩崎書店）など多数ある。

絵本の時間 44

あなたをずっとずっとあいしてる

2006年 1 月 第 1 刷　　2006年 9 月 第 9 刷

宮西達也（みやにしたつや）・作 絵

発行者／坂井宏先　編集／浪崎裕代

発行所／株式会社ポプラ社

〒160-8565 東京都新宿区大京町22-1 振替・00140-3-149271

電話 （編集）03-3357-2216（営業）03-3357-2212（お客様相談室）0120-666-553

FAX （ご注文）03-3359-2359

http://www.poplar.co.jp（ホームページ）

http://www.poplarland.com（ポプラランド）

印刷／日本写真印刷株式会社　製本／株式会社ハッコー製本

 ISBN4-591-08984-3／N.D.C.913／40p／27cm